Carlo Goldoni

Il burbero benefico

IL BURBERO BENEFICO

PERSONAGGI

GERONTE

DALANCOUR, *nipote di* GERONTE

DORVAL, *amico di* GERONTE

VALERIO, *amante di* ANGELICA

PICCARDO, *lacchè di* GERONTE

Un LACCHÈ *di* DALANCOUR

Madama DALANCOUR

ANGELICA, *sorella del signor* DALANCOUR

MARTUCCIA, *donna di governo del signor* GERONTE

La scena stabile si rappresenta in Parigi, in una sala in casa dei signori Geronte e Dalancour. Essa ha tre porte, l'una delle quali introduce nell'appartamento del signor Geronte, l'altra dirimpetto, in quello del signor Dalancour, e la terza in fondo, serve di porta comune. Vi saranno delle sedie, dei sofà, ed un tavolino con uno scacchiere.

ATTO PRIMO

SCENA I

Martuccia, Angelica, e Valerio.

ANGELICA: Valerio, lasciatemi, ve ne prego. Io temo per me, temo per voi. Ah, se noi fossimo sorpresi!

VALERIO: Mia cara Angelica!...

MARTUCCIA: Partite, signore.

VALERIO: (*a Martuccia*) Di grazia, un momento. S'io potessi assicurarmi...

MARTUCCIA: Di che?

VALERIO: Del suo amore, della sua costanza...

ANGELICA: Ah, Valerio, potreste voi dubitarne?

MARTUCCIA: Andate, andate, o signore. Ella v'ama anche troppo.

VALERIO: Questa è la felicità della mia vita.

MARTUCCIA: Presto, partite. Se il mio padrone sopraggiunge...

ANGELICA: (*a Martuccia*) Egli non esce giammai sì per tempo.

MARTUCCIA: È vero. Ma in questa sala, ben lo sapete, egli passeggia, egli si diverte. Ecco là i suoi scacchi. Egli vi giuoca spessissimo. Oh, non conoscete voi il signor Geronte?

VALERIO: Perdonatemi. Egli è lo zio d'Angelica. Lo so, mio padre era suo amico, ma io non ho giammai parlato con lui.

MARTUCCIA: Egli è un uomo, signore, di un carattere stravagante. È di buonissimo fondo, ma assai burbero, e fantastico al sommo.

ANGELICA: Sì; egli m'ha detto d'amarmi, e lo credo. Pure quando mi parla, mi fa tremare.

VALERIO: (*ad Angelica*) Ma che avete voi a temere? Voi non avete nè padre, nè madre. Il disporre di voi tocca a vostro fratello. Egli è mio amico. Io gli parlerò.

MARTUCCIA: Eh! sì, sì, fidatevi del signor Dalancour.

VALERIO: (*a Martuccia*) Che? potrebbe egli negarmela?

MARTUCCIA: Per mia fè, io credo di sì.

VALERIO: Come?

MARTUCCIA: Uditemi; vi spiego tutto in quattro parole. Mio nipote, il nuovo giovine di studio del procuratore del vostro signor fratello, (*ad Angelica*) mi ha informato di ciò che sto per dirvi. Siccome sono solamente quindici giorni dacchè egli è presso di lui, me l'ha detto questa mattina, ma me lo ha confidato sotto la più gran segretezza. Per pietà, non mi palesate.

VALERIO: Non temete di nulla.

ANGELICA: Voi mi conoscete.

MARTUCCIA: (*parlando con Valerio sotto voce e guardando sempre le portiere*) Il signor Dalancour è un uomo rovinato, precipitato. Egli ha mangiato tutte le sue facoltà e fors'anche la dote di sua sorella. Angelica è un peso troppo eccedente le di lui forze, e per liberarsene vorrebbe chiuderla in un ritiro.

ANGELICA: Oh Dio! che mi dite?

VALERIO: Come! ed è possibile? Io lo conosco da lungo tempo. Dalancour mi parve sempre un giovane saggio, onesto; talvolta impetuoso e collerico, ma...

MARTUCCIA: Impetuoso! Oh impetuosissimo, quasi al pari di suo zio! Ma egli è ben lontano dall'avere i medesimi sentimenti.

VALERIO: Egli era stimato, accarezzato da chicchessia. Suo padre era di lui contentissimo.

MARTUCCIA: Eh! signore, dacchè è maritato, non è più quello di prima.

VALERIO: Sarebbe mai stata madama Dalancour?

MARTUCCIA: Sì, ella appunto, a ciò che dicono, è il motivo di questo bel cangiamento. Il signor Geronte non si è disgustato con suo nipote, che per la sciocca compiacenza ch'egli ha per sua moglie; e... non so nulla; ma scommetterei che il progetto del ritiro fu immaginato da lei.

ANGELICA: (*a Martuccia*) Che intendo? Mia cognata che credevo sì ragionevole, che mi dimostrava tanta amicizia! Io non l'avrei mai pensato.

VALERIO: Ella ha il più dolce carattere.

MARTUCCIA: Questa dolcezza fu quella appunto che ha sedotto suo marito.

VALERIO: Io la conosco, e non posso crederlo.

MARTUCCIA: M'immagino che voi scherziate. Evvi una donna più ricercata di lei nelle sue acconciature? Esce nuova moda, ch'ella tosto non prenda? Vi sono balli o spettacoli cui non intervenga la prima?

VALERIO: Ma suo marito è sempre al suo fianco.

ANGELICA: Sì, mio fratello non l'abbandona mai.

MARTUCCIA: Ebbene, sono pazzi ambedue, ed ambedue si rovinano insieme.

VALERIO: Pare impossibile!

MARTUCCIA: Animo, animo, signore. Eccovi istrutto di ciò che volevate sapere. Partite subito. Non esponete madamigella al pericolo di perdere la buona grazia di suo zio. Egli è quel solo che possa farle del bene.

VALERIO: Calmatevi, mia cara Angelica. L'interesse non formerà mai un ostacolo...

MARTUCCIA: Sento dello strepito: partite subito. (*Valerio parte*)

SCENA II

Martuccia, ed Angelica.

ANGELICA: Sventurata ch'io sono!

MARTUCCIA: Quello è certamente vostro zio! Non ve l'aveva io detto?

ANGELICA: Vado.

MARTUCCIA: No, anzi restate, ed apritegli il vostro cuore.

ANGELICA: Io lo temo come il fuoco.

MARTUCCIA: Via, via, coraggio. Egli è talvolta un poco caldo ma non è poi di cattivo cuore.

ANGELICA: Voi siete la sua donna di governo. Avete credito presso di lui. Parlategli in mio favore.

MARTUCCIA: No; è necessario che gli parliate voi stessa. Al più, io potrei prevenirlo, e disporlo ad udirvi.

ANGELICA: Sì, sì. Ditegli qualche cosa. Io gli parlerò dipoi. (*vuole andarsene*)

MARTUCCIA: Restate.

ANGELICA: No, no, quando sarà tempo chiamatemi; io non sarà molto lontana. (*parte*)

SCENA III

Martuccia sola.

Quanto è dolce, quanto è amabile! Io l'ho veduta nascere; l'amo, la compiango, e vorrei vederla fortunata. Eccolo. (*vedendo Geronte*)

SCENA IV

Geronte, e detta.

GERONTE: (*parlando, con Martuccia*) Piccardo!

MARTUCCIA: Signore...

GERONTE: Chiamatemi Piccardo.

MARTUCCIA: Sì, signore... Ma si potrebbe dirvi una parola?

GERONTE: (*forte e con calore*) Piccardo, Piccardo!

MARTUCCIA: (*forte ed in collera*) Piccardo, Piccardo?

SCENA V

Piccardo, e detti.

PICCARDO: (*a Martuccia*) Eccomi, eccomi.

MARTUCCIA: (*a Piccardo con rabbia*) Il vostro padrone...

PICCARDO: (*a Geronte*) Signore!

GERONTE: Va a casa di Dorval mio amico: digli ch'io attendo per giuocare una partita a scacchi.

PICCARDO: Sì, signore, ma...

GERONTE: Che c'è?

PICCARDO: Ho una commissione.

GERONTE: Di far che?

PICCARDO: Il vostro signor nipote...

GERONTE: (*riscaldato*) Va a casa di Dorval.

PICCARDO: Egli vorrebbe parlarvi.

GERONTE: Vattene, briccone.

PICCARDO: (Che uomo!) (*parte*)

SCENA VI

Geronte, e Martuccia.

GERONTE: (*avvicinandosi al tavolino*) Pazzo, miserabile! No, non voglio vederlo, non voglio che venga ad alterare la mia tranquillità.

MARTUCCIA: (*da sè*)(Eccolo subito arrabbiato. Non ci mancava che questo.)

GERONTE: (*a sedere, esamina il giuoco*) Che colpo mai fu quello di ieri! Qual fatalità! Come diamine ho potuto aver scaccomatto con un giuoco disposto sì bene! Vediamo un poco. Questo caso mi fece stare svegliato tutta la notte.

MARTUCCIA: Signore, si potrebbe parlarvi?

GERONTE: No.

MARTUCCIA: No? Eppure avrei a dirvi qualche cosa di premura.

GERONTE: Suvvia, che hai a dirmi? Spicciati.

MARTUCCIA: Vostra nipote vorrebbe parlarvi.

GERONTE: Ora non ho tempo.

MARTUCCIA: Oh bella! Ciò che voi fate è dunque cosa di grande importanza?

GERONTE: Sì, importantissima. Mi diverto poco; ma quando mi diverto, non voglio che mi si venga a rompere il capo. M'intendi?

MARTUCCIA: Questa povera figlia...

GERONTE: Che l'è accaduto?

MARTUCCIA: La vogliono chiudere in un ritiro.

GERONTE: In un ritiro!... Chiudere mia nipote in un ritiro?... Dispor di mia nipote senza mio consenso, senza che io la sappia?

MARTUCCIA: Voi sapete i disordini di vostro nipote.

GERONTE: Io non entro punto nei disordini di mio nipote, nelle pazzie di sua moglie. Egli ha il suo. Se lo mangi, si rovini, tanto peggio per lui; ma per mia nipote... Io sono il capo di famiglia, io sono il padrone, io devo darle stato.

MARTUCCIA: Tanto meglio per lei. Mi consolo tutta vedendovi riscaldare per gl'interessi di questa cara ragazza.

GERONTE: Dov'è?

MARTUCCIA: È qui vicina, signore. Attende il momento...

GERONTE: Che venga.

MARTUCCIA: Sì; ella lo desidera ardentemente, ma...

GERONTE: Ma che?

MARTUCCIA: È timida.

GERONTE: Che vuol dire?

MARTUCCIA: Se voi le parlate...

GERONTE: È ben necessario ch'io le parli.

MARTUCCIA: Sì; ma questo tuono di voce...

GERONTE: Il mio tuono di voce non fa male ad alcuno. Che ella venga, e che s'affidi al mio cuore, non alla mia voce.

MARTUCCIA: È vero, signore; io vi conosco; so che siete buono, umano, caritatevole; ma, ve ne prego, non la intimorite, questa povera ragazza. Parlatele con un poco di dolcezza.

GERONTE: Sì; le parlerò con dolcezza.

MARTUCCIA: Me lo promettete?

GERONTE: Te lo prometto.

MARTUCCIA: Non ve lo scordate.

GERONTE: (*comincia a dar in impazienze*) No.

MARTUCCIA: Sopra tutto non impazientitevi.

GERONTE: (*vivamente*) Ti dico di no.

MARTUCCIA: Io tremo per Angelica. (*parte*)

SCENA VII

Geronte solo.

Ella ha ragione. Mi lascio talvolta trasportare dal mio focoso temperamento. La mia nipote merita di esser trattata con dolcezza.

SCENA VIII

Angelica, e detto.

ANGELICA: (*rimane a qualche distanza*)

GERONTE: Accostatevi.

ANGELICA: (*con timore, facendo un sol passo*) Signore...

GERONTE: (*un po' riscaldato*) Come volete ch'io v'intenda, mentre siete tre miglia lontana da me?

ANGELICA: (*s'avanza tremando*) Signore... scusate...

GERONTE: Che avete a dirmi?

ANGELICA: Martuccia non v'ha ella detto qualche cosa?

GERONTE: (*comincia con tranquillità, e si riscalda a poco a poco*) Sì; mi parlò di voi, mi parlò di vostro fratello, di questo insensato, di questo stravagante, che si lasciò guidar per il naso da una femmina imprudente, che si è rovinato, che si è perduto, e che inoltre mi perde il rispetto.

ANGELICA: (*vuole andarsene*)

GERONTE: (*vivamente*) Dove andate?

ANGELICA: Signore, voi siete in collera...

GERONTE: Ebbene che ve n'importa? Se vado in collera contro uno sciocco, io, non ci vado contro di voi. Accostatevi, parlate, e non abbiate paura del mio sdegno.

ANGELICA: Mio caro zio, non saprò mai parlarvi se prima non vi veggo tranquillo.

GERONTE: (*ad Angelica, facendosi forza*) Che martirio! Eccomi tranquillo. Parlate.

ANGELICA: Signore... Martuccia vi avrà detto...

GERONTE: Io non bado a ciò che m'ha detto Martuccia. Io voglio intendere da voi medesima.

ANGELICA: (*con timore*) Mio fratello...

GERONTE: (*contraffacendola*) Vostro fratello...

ANGELICA: Vorrebbe chiudermi in un ritiro.

GERONTE: Ebbene, inclinate voi al ritiro?

ANGELICA: Ma signore...

GERONTE: (*con caldo*) Suvvia, parlate.

ANGELICA: A me non tocca a decidere.

GERONTE: (*ancora più riscaldato*) Io non dico che voi decidiate, ma voglio sapere la vostra inclinazione.

ANGELICA: Signore, voi mi fate tremare.

GERONTE: (*da sè facendosi forza*) (Crepo di rabbia.) Avvicinatevi. V'intendo. Dunque il ritiro non vi va a genio.

ANGELICA: No signore.

GERONTE: Qual'è lo stato cui più inclinereste?

ANGELICA: Signore...

GERONTE: Non temete di nulla. Sono tranquillo. Parlatemi liberamente.

ANGELICA: Ah! non ho coraggio!...

GERONTE: Venite qui. Vorreste maritarvi?

ANGELICA: Signore...

GERONTE: Sì, o no?

ANGELICA: Se voi voleste...

GERONTE: (*vivamente*) Sì o no?

ANGELICA: Ma sì...

GERONTE: Sì? Volete maritarvi, perdere la libertà, la tranquillità? Ebbene: tanto peggio per voi. Sì, vi mariterò.

ANGELICA: (*da sè*) (Eppure è amabile con tutta la sua collera.)

GERONTE: Avete voi qualche inclinazione?

ANGELICA: (*da sè*) (Ah! se avessi coraggio di parlargli di Valerio!)

GERONTE: Come? Avreste di già qualche amante?

ANGELICA: (*da sè*) (Questo non è il momento. Glie ne farò parlare dalla sua donna di governo.)

GERONTE: (*sempre con calore*) Suvvia, finiamola! La casa ove siete, la persona con cui vivete, v'avrebbero per avventura somministrata l'occasione d'attaccarvi ad alcuno? Io voglio sapere la verità. Sì, vi farò del bene, ma con patto che lo meritiate. M'intendete?

ANGELICA: (*tremando*) Sì signore.

GERONTE: (*con lo stesso tono*) Parlatemi schiettamente, francamente. Avete forse qualche genietto?

ANGELICA: (*esitando e tremando*) Ma... non signore. Non ne ho alcuno.

GERONTE: Tanto meglio. Io penserò a trovarvi un marito.

ANGELICA: (*a Geronte*) Oh, Dio... non vorrei... Signore!

GERONTE: Che c'è?

ANGELICA: Voi conoscete la mia timidità.

GERONTE: Sì, sì, la vostra timidità... Io le conosco le femmine; voi siete al presente una colomba, ma quando sarete maritata, diverrete un dragone.

ANGELICA: Deh! mio zio, giacchè siete così buono...

GERONTE: Anche troppo.

ANGELICA: Permettete che vi dica...

GERONTE: (*avvicinandosi al tavolino*) Ma Dorval non viene ancora!

ANGELICA: Uditemi, mio caro zio.

GERONTE: (*attento al suo tavolino*) Lasciatemi.

ANGELICA: Una parola sola.

GERONTE: (*assai vivamente*) Basta così.

ANGELICA: (*da sè*) (O cielo! eccomi più infelice che mai! Ah! la mia cara Martuccia non mi abbandonerà.) (*parte*)

SCENA IX

Geronte solo.

Questa è una buona ragazza. Io le fo del bene molto volentieri. Se avesse anche avuta qualche inclinazione, mi sarei sforzato, di compiacerla, ma non ne ha alcuna... Vedrò io. Cercherò io... Ma, che diavolo fa questo Dorval che non vien mai? Io muoio di voglia di tentare un'altra volta questa maledetta combinazione che mi fece perdere la partita. Certamente io doveva guadagnare. Avrebbe abbisognato che avessi perduta la testa. Vediamo un poco. Ecco la disposizione dei miei scacchi. Ecco quella di Dorval. Io avanzo il re alla casa della sua torre. Dorval pone il suo matto alla seconda casa del suo re. Io... scacco... sì, e prendo la pedina. Dorval... egli ha preso il mio matto... Dorval? Sì, egli ha preso il mio matto, ed io... Doppio scacco col cavaliere. Per bacco! Dorval ha perduto la sua dama. Egli giuoca il suo re, io prendo la sua dama. Questo sciagurato col suo re ha preso il mio cavaliere. Ma tanto peggio per lui; eccolo nelle mie reti; eccolo vinto con il suo re. Ecco la mia dama; sì, eccola. Scacco matto, questa è chiara. Scacco matto, questa è guadagnata... Ah! se Dorval venisse, glie la farei vedere. Piccardo? (*chiama*)

SCENA X

Geronte e Dalancour.

DALANCOUR: (*a parte ed estremamente confuso*) Mio zio è solo. Se volesse ascoltarmi...

GERONTE: Accomoderò il giuoco come era prima. (*senza vedere Dalancour, chiama più forte*) Piccardo?

DALANCOUR: Signore.

GERONTE: (*senza volgersi, credendo di parlare a Piccardo*) Ebbene, hai tu trovato Dorval?

SCENA XI

Dorval, e detti.

DORVAL: (*entra per la porta di mezzo, a Geronte*) Eccomi, amico.

DALANCOUR: (*con risoluzione*) Mio zio!

GERONTE: (*volgendosi vede Dalancour; s'alza bruscamente, getta a terra la sedia, parte senza parlare, ed esce per la porta di mezzo*)

SCENA XII

Dalancour e Dorval.

DORVAL: (*sorridendo*) Che vuol dir questa scena?

DALANCOUR: È una cosa terribile!... Tutto ciò perchè mi ha veduto.

DORVAL: (*sempre d'un tuono*) Geronte è mio amico; conosco benissimo il suo naturale.

DALANCOUR: Mi rincresce per voi.

DORVAL: Sono veramente arrivato in un cattivo momento.

DALANCOUR: Scusate la sua impetuosità.

DORVAL: (*sorridendo*) Oh! lo sgriderò, lo sgriderò.

DALANCOUR: Ah! mio caro amico!... Voi siete il solo che possa giovarmi presso di lui.

DORVAL: Io lo bramerei di tutto cuore, ma...

DALANCOUR: Convengo che se si bada alle apparenze, mio zio ha ragione di rimproverarmi; ma se egli potesse leggermi nel fondo del cuore, mi renderebbe tutta la sua tenerezza, e sono sicuro che non se ne pentirebbe.

DORVAL: Sì, mi è nota l'indole vostra. Io credo che tutto da voi si potrebbe sperare; ma madama vostra moglie...

DALANCOUR: (*vivamente*) Mia moglie, signore? Ah! voi non la conoscete. Tutto il mondo s'inganna sopra di lei, e mio zio, il primo di tutti. Fa d'uopo ch'io le renda giustizia, e che vi scopra la verità. Ella non sa alcuna delle disgrazie da cui sono oppresso. Ella m'ha creduto più ricco che io non fossi; le ho sempre tenuto occulto il mio stato. Io l'amo; noi ci siamo maritati assai giovani: non le ho mai lasciato tempo di chieder nulla, di nulla bramare. Cercai sempre di prevenirla in tutto ciò, che potea esserle di piacere. In questa maniera mi sono rovinato.

DORVAL: Contentare una donna, prevenire i suoi desideri! Ci vuol altro!

DALANCOUR: Sono sicuro che s'ella avesse saputo il mio stato, sarebbe stata la prima a proibirmi le spese che ho fatte per lei.

DORVAL: Frattanto non ve le ha proibite.

DALANCOUR: No, perchè non dubitava punto...

DORVAL: (*ridendo*) Mio povero amico...

DALANCOUR: (*afflitto*) Che c'è?

DORVAL: (*sempre ridendo*) Io vi compiango.

DALANCOUR: (*con ardore*) Vi prendereste voi giuoco di me?

DORVAL: (*sempre sorridendo*) Oibò! Ma... voi amate vostra moglie prodigiosamente.

DALANCOUR: Sì, l'amo, l'ho amata sempre e l'amerò fin che avrò vita. La conosco, conosco tutto il suo merito, e non soffrirò che le si diano de' torti che non ha.

DORVAL: (*seriamente*) Colle buone, amico, colle buone! vi riscaldate un po' troppo per la vostra famiglia.

DALANCOUR: (*sempre vivamente*) Io vi chiedo mille scuse. Sarei alla disperazione di avervi recato dispiacere; ma quando si tratta di mia moglie...

DORVAL: Via, via. Non ne parliamo più.

DALANCOUR: Ma vorrei che ne foste convinto.

DORVAL: (*freddamente*) Sì, lo sono.

DALANCOUR: (*vivamente*) No, non lo siete.

DORVAL: (*con un po' di caldo*) Scusatemi, vi dico...

DALANCOUR: Ebbene, vi credo. Ne sono contentissimo. Ah! mio caro amico, parlate a mio zio in mio favore.

DORVAL: Gliene parlerò.

DALANCOUR: Quanto vi sarò obbligato!

DORVAL: Ma converrà bene l'addurgli ancora qualche ragione. Come avete fatto a rovinarvi in sì poco tempo? Sono quattr'anni solo dacchè è morto vostro padre. V'ha lasciata una facoltà considerabile, e dicesi che voi l'abbiate tutta consumata.

DALANCOUR: Se sapeste tutte le disgrazie, che mi sono accadute! Ho veduto che i miei affari erano in disordine, ho voluto rimediarvi, ed il rimedio fu peggiore ancora del male. Io ho ascoltati nuovi progetti, ho intrapresi nuovi affari, ho ipotecati i miei beni, ed ho perduto il tutto.

DORVAL: E questo è il male. Nuovi progetti! Se ne sono rovinati degli altri.

DALANCOUR: Ed io singolarmente senza speranza.

DORVAL: Avete fatto malissimo, mio caro amico, tanto più che avete una sorella.

DALANCOUR: Sì, e sarebbe oramai tempo che pensassi a darle stato.

DORVAL: Ogni giorno essa diventa più bella. Madama Dalancour riceve in sua casa molte persone, e la gioventù, mio caro amico, qualche volta... Dovreste capirmi.

DALANCOUR: Questo è appunto il motivo, per cui, frattanto che io trovo qualche espediente, ho pensato di metterla in un ritiro.

DORVAL: Metterla in un ritiro; va benissimo: ma ne avete parlato con vostro zio?

DALANCOUR: No. Egli non vuole ascoltarmi; ma voi gli parlerete per me, gli parlerete per Angelica. Mio zio vi stima, vi ama, vi ascolta, si fida di voi, non vi negherà cosa alcuna.

DORVAL: Non ne so nulla.

DALANCOUR: (*vivamente*) Oh! ne sono sicuro. Vi prego, cercate di vederlo, parlategliene subito.

DORVAL: Lo farei. Ma dov'è andato?

DALANCOUR: Cercherò di saperlo... Vediamo, alcuno si inoltra.

SCENA XIII

Piccardo, e detti.

PICCARDO: Signore...

DALANCOUR: È partito mio zio?

PICCARDO: No signore. È disceso in giardino.

DALANCOUR: In giardino! A quest'ora?

PICCARDO: Per lui è tutt'uno; quando è un poco in collera passeggia, va a prender aria.

DORVAL: (*a Dalancour*) Vado a raggiungerlo.

DALANCOUR: Signore, io conosco mio zio: fa d'uopo lasciargli il tempo di calmarsi. Conviene aspettarlo qui.

DORVAL: Ma se partisse; se non tornasse più sopra?

PICCARDO: (*a Dorval*) Perdonatemi, signore, egli non tarderà, molto a risalire. M'è noto il suo naturale: gli basta mezzo quarto d'ora. Vi so ben dire che sarà inoltre contentissimo di vedervi.

DALANCOUR: (*vivamente*) Ebbene! mio caro amico, passate nel suo appartamento. Fatemi il piacere di attenderlo.

DORVAL: Volentieri. Comprendo benissimo quanto la vostra situazione è crudele; è d'uopo il porvi rimedio. Sì, gli parlerò per voi, ma con patto...

DALANCOUR: (*vivamente*) Io vi do la mia parola d'onore.

DORVAL: Basta così. (*entra nell'appartamento di Geronte*)

SCENA XIV

Dalancour e Piccardo.

DALANCOUR: Tu non hai detto a mio zio ciò ch'io t'aveva ordinato.

PICCARDO: Perdonatemi, signore, glie l'ho detto, ma egli mi ha scacciato, secondo il solito.

DALANCOUR: Mi dispiace. Avvertimi de' buoni momenti, in cui poter parlargli. Un giorno ti saprò premiare a dovere.

PICCARDO: Ve ne sono obbligato, signore, ma, grazie al cielo, non ho bisogno di nulla.

DALANCOUR: Sei dunque ricco?

PICCARDO: Non sono ricco, ma ha un padrone che non mi lascia mancar nulla. Ho moglie, ho quattro figliuoli; dovrei essere l'uomo più imbarazzato del mondo, ma il mio padrone è sì buono che li mantengo senza difficoltà, ed in casa mia non si conosce la miseria. (*parte*)

SCENA XV

Dalancour solo.

Ah! mio zio è un uomo dabbene!... Se Dorval ottenesse da lui qualche cosa? Se potessi sperare un soccorso adeguato al mio bisogno! Se potessi tener occulto a mia moglie! Ah!... perchè l'ho io ingannata? perchè mi sono ingannato io medesimo? Mio zio, non torna. Ogni momento per me è prezioso. Anderò frattanto dal mio procuratore. Oh, con quale pena ci vado!... È vero, ei mi lusinga, che malgrado la sentenza, troverà il mezzo di guadagnare del tempo; ma i cavilli sono odiosi; lo spirito pena, e ci va di mezzo l'onore. Sventurati quelli che hanno bisogno di raggiri vergognosi!

SCENA XVI

Dalancour e Madama.

DALANCOUR: (*vedendo sua moglie*) Ecco mia moglie.

MADAMA: Ah! siete qui, marito mio? Vi cercava per tutto.

DALANCOUR: Stava per partire.

MADAMA: Ho incontrato adesso quel satiro... egli strillava, strillava come va.

DALANCOUR: Parlate voi di mio zio?

MADAMA: Sì. Ho veduto un raggio di sole, sono andata a passeggiare nel giardino, e ve l'ho incontrato. Egli batteva i piedi, parlava da solo, e ad alta voce... Ditemi una cosa: ha egli in casa qualche servitore ammogliato?

DALANCOUR: Sì.

MADAMA: Certamente conviene che sia così; egli parlava molto male del marito e della moglie... ma male, ve ne assicuro...

DALANCOUR: (*da sè*) (Io m'immagino bene di chi parlasse.)

MADAMA: Egli è un uomo insopportabile.

DALANCOUR: Eppure converrebbe avere per lui qualche riguardo.

MADAMA: Può egli lagnarsi di me? Gli ho io mancato in nulla? Io rispetto la sua età, la sua qualità di zio. Se talvolta scherzo sopra di lui, il fo a quattr'occhi con voi, e voi me lo perdonate. Del resto, ho per esso tutti i riguardi possibili: ma, ditemi sinceramente, ne ha egli per voi, ne ha per me? Egli ci tratta con un'asprezza grandissima, ci odia quanto più può; ma sopratutto il suo disprezzo per me è giunto agli eccessi. Fa d'uopo nondimeno l'accarezzarlo, il fargli la corte?

DALANCOUR: (*imbarazzato*) Ma... quando anche gli facessimo la corte... è nostro zio... Inoltre noi potremmo forse aver bisogno di lui.

MADAMA: Bisogno di lui! Noi? Come? Non abbiamo noi del nostro quanto basta per vivere con decoro? Voi non fate disordini. Io sono ragionevole... Per me non vi chiedo di più di ciò che avete fatto fin ora... Continuiamo con la medesima moderazione, e non avremo bisogno di nessuno.

DALANCOUR: (*con un'aria appassionata*) Continuiamo con la medesima moderazione...

MADAMA: Ma sì; io non ho vanità; io non vi domando nulla d'avvantaggio.

DALANCOUR: (*da sè*) (Sfortunato che io sono!)

MADAMA: Ma voi mi sembrate inquieto, pensoso: avete qualche cosa?... voi non siete tranquillo.

DALANCOUR: V'ingannate. Non ho nulla.

MADAMA: Perdonatemi, io vi conosco: se avete qualche travaglio, perchè volete nascondermelo?

DALANCOUR: (*sempre più imbarazzato*) Quella che mi dà da pensare, è mia sorella. Eccovi spiegato il tutto.

MADAMA: Vostra sorella! Ma perchè mai? Ella è la miglior ragazza del mondo; io l'amo teneramente. Uditemi. Se voi voleste fidarvi di me, potreste sollevarvi da questo pensiero, e render lei nello stesso tempo felice.

DALANCOUR: Come?

MADAMA: Voi volete metterla in un ritiro; ed io so da buona fonte, che ella non sarebbe contenta.

DALANCOUR: (*un poco inquieto*) Alla sua età, deve dir forse, voglio, e non voglio?

MADAMA: No; ella è saggia abbastanza per piegarsi ai voleri dei suoi parenti. Ma perchè non la maritate?

DALANCOUR: È ancora troppo giovane.

MADAMA: Buono! Ero io più avanzata in età quando mi sono ammogliata con voi?

DALANCOUR: (*vivamente*) Ebbene, dovrò andare a cercarle un marito di porta in porta?

MADAMA: Ascoltatemi, ascoltatemi, marito mio; non vi inquietate, vi, prego. Se mal non m'appongo, io, credo d'essermi accorta che Valerio l'ama, e ch'essa pure è innamorata di lui.

DALANCOUR: (*a parte*) (Cielo! quanto mi tocca soffrire!)

MADAMA: Voi lo conoscete: v'avrebbe egli per Angelica un partito migliore di questo?

DALANCOUR: (*sempre più imbrogliato*) Vedremo... Ne parleremo...

MADAMA: Fatemi questo piacere, ve lo chiedo in grazia. Lasciate a me la cura di maneggiar quest'affare; avrei tutta l'ambizione di riuscirvi...

DALANCOUR: (*in un sommo imbarazzo*) Madama...

MADAMA: Che c'è?

DALANCOUR: Non si può.

MADAMA: No? E perchè?

DALANCOUR: (*sempre più imbarazzato*) Mio zio v'acconsentirebbe?

MADAMA: Ma, diamine! Voglio bene che non si manchi con lui ai nostri doveri, ma il fratello d'Angelica siete voi. La dote è fra le vostre mani; il più ed il meno dipende soltanto da voi. Permettete ch'io mi assicuri delle loro inclinazioni, e sopra l'articolo dell'interesse a un dipresso l'aggiusterò io.

DALANCOUR: (*vivamente*) No. Se mi amate, guardatevene bene.

MADAMA: Sarebbe che voi non vorreste maritar vostra sorella?

DALANCOUR: Tutto al contrario.

MADAMA: Sarebbe che...

DALANCOUR: (*vuol partire*) Mi conviene partire... Ne parleremo al mio ritorno.

MADAMA: Vi dispiace che ci voglia entrar io?

DALANCOUR: Niente affatto.

MADAMA: Uditemi: sarebbe forse per la dote?

DALANCOUR: Non so nulla. (*parte*)

SCENA XVII

Madama sola.

Che vuol dire questa faccenda?.... Non intendo nulla... Possibile che mio marito?... No. Egli è troppo saggio per aver a rimproverarsi di nulla.

SCENA XVIII

Angelica, e detta.

ANGELICA: (*senza vedere Madama*) Se potessi parlare con Martuccia...

MADAMA: Cognata.

ANGELICA: (*inquieta*) Madama.

MADAMA: Dove andate, cognata?

ANGELICA: (*inquieta*) Io me ne andavo, Madama...

MADAMA: Ah, ah! Siete dunque adirata?

ANGELICA: Lo devo essere.

MADAMA: Siete voi sdegnata con me?

ANGELICA: Ma, Madama...

MADAMA: Uditemi, la mia ragazza; se v'inquieta il progetto del ritiro, non crediate ch'io v'abbia parte. La cosa è tutt'all'opposto. Vi amo, e farò anzi il possibile per rendervi fortunata.

ANGELICA: (*a parte piangendo*) (Che doppiezza!)

MADAMA: Che avete? piangete?

ANGELICA: (*s'asciuga gli occhi*) (A qual segno mi ha ingannata!)

MADAMA: Qual è il motivo del vostro dolore?

ANGELICA: Oh Dio! I disordini di mio fratello.

MADAMA: (*con sorpresa*) I disordini di vostro fratello?

ANGELICA: Sì, nessuno li sa meglio di voi.

MADAMA: Che dite? Spiegatevi, se v'aggrada.

ANGELICA: È inutile.

SCENA XIX

Geronte, Piccardo, e detti.

GERONTE: (*chiama*) Piccardo?

PICCARDO:(*uscendo dall'appartamento di Geronte*) Signore...

GERONTE: (*vivamente a Piccardo*) Ebbene, dov'è Dorval?

PICCARDO: Egli vi attende, signore, nella vostra camera.

GERONTE: Egli è nella mia camera, e tu non mi dici nulla?

PICCARDO: Signore, non ho avuto tempo.

GERONTE: Che fate voi qui? (*vedendo Angelica e Madama; parla ad Angelica, volgendosi tratto tratto verso Madama per essere inteso*) Qui non voglio donne; non voglio alcuno della vostra famiglia... andate via.

ANGELICA: Mio caro zio...

GERONTE: Vi dico che andiate via.

ANGELICA: (*parte mortificata*)

SCENA XX

Madama, Geronte e Piccardo.

MADAMA: Signore, vi domando perdono.

GERONTE: (*volgendosi verso la porta, per cui è uscita Angelica, ma di tempo in tempo, guardando Madama*)Oh, questa sì, ch'è curiosa! Guardate l'impertinente! Vuol venire a darmi soggezione. Per discendere c'è un'altra scala. La chiuderò questa porta!

MADAMA: Non v'adirate, o signore. Quanto a me v'assicuro...

GERONTE: (*vorrebbe entrare nel suo appartamento, ma non vorrebbe passare dinanzi a madama: dice a Piccardo*) Dimmi, Dorval è nella mia camera?

PICCARDO: Sì, signore.

MADAMA: (*accorgendosi dell'imbarazzo di Geronte, da addietro*)Passate, signore. Io non ve l'impedisco.

GERONTE: (*a Madama passando, e salutandola*) Padrona mia... La chiuderò questa porta. (*entra nel suo appartamento, Piccardo lo segue*)

SCENA XXI

Madama sola.

Che strano carattere! Ma non è ciò quel che più m'inquieta. Ciò che più m'affligge si è il turbamento di mio marito, sono le parole d'Angelica. Io dubito; temo; vorrei conoscere la verità e tremo di penetrarla.

FINE DELL'ATTO PRIMO

ATTO SECONDO

SCENA I

Geronte e Dorval.

GERONTE: Andiamo a giocare, e non me ne parlate più.

DORVAL: Ma si tratta di un nipote...

GERONTE: (*vivamente*) Di uno sciocco, d'un vigliacco ch'è lo schiavo di sua moglie, e la vittima della sua vanità.

DORVAL: Meno collera, mio caro amico, meno collera.

GERONTE: Eh, voi con la vostra flemma mi fareste arrabbiare.

DORVAL: Io parlo per bene.

GERONTE: Prendete una sedia. (*siede*)

DORVAL: (*d'un tuono compassionevole, mentre accosta la sedia*) Povero giovane!

GERONTE: Vediamo, questo punto di ieri.

DORVAL: (*sempre di un tuono*) Voi lo perderete.

GERONTE: Forse che no. Vediamo.

DORVAL: Vi dico che lo perderete.

GERONTE: No, ne sono sicuro.

DORVAL: Se voi non lo soccorrerete, lo perderete assolutamente.

GERONTE: Chi?

DORVAL: Vostro nipote.

GERONTE: (*con ardore*) Eh, ch'io parlo del giuoco. Sedete.

DORVAL: Io giuocherò volentieri: ma prima, ascoltatemi.

GERONTE: Mi parlerete tuttavia di Dalancour?

DORVAL: Potrebbe essere.

GERONTE: Non vi ascolto.

DORVAL: Dunque voi l'odiate?

GERONTE: No, signore. Io non odio nessuno.

DORVAL: Ma se non volete...

GERONTE: Finitela; giuocate. Giuochiamo, o ch'io me ne vo.

DORVAL: Una parola sola, ed ho finito.

GERONTE: Che pazienza!

DORVAL: Voi avete delle facoltà.

GERONTE: Sì, grazie al Cielo!

DORVAL: Più del vostro bisogno.

GERONTE: Sì; ne ho ancora per servire i miei amici.

DORVAL: E non volete dar nulla a vostro nipote?

GERONTE: Neppure un quattrino.

DORVAL: In conseguenza...

GERONTE: In conseguenza?....

DORVAL: Voi l'odiate.

GERONTE: In conseguenza voi non sapete ciò che vi dite. Io odio, detesto la sua maniera di pensare, la sua cattiva condotta. Il dargli del danaro non servirebbe che a fomentare la sua vanità, la sua prodigalità, le sue follie. Ch'egli cangi sistema, io lo cangerò parimente con lui. Io voglio che il pentimento meriti il beneficio, e non che il beneficio impedisca il pentimento.

DORVAL: (*dopo un momento di silenzio, sembra convinto, e dice con molta dolcezza*) Giuochiamo, giuochiamo.

GERONTE: Giuochiamo..

DORVAL: (*giuocando*) Io ne sono afflitto.

GERONTE: (*giuocando*) Scacco al re.

DORVAL: (*giuocando*) E quella povera ragazza!

GERONTE: Chi?

DORVAL: Angelica.

GERONTE: (*lascia il giuoco*) Ah! per lei!... Questa è un'altra cosa... Parlatemi di lei.

DORVAL: Ella dee ben soffrire frattanto.

GERONTE: Ci ho pensato, ci ho provveduto. La mariterò.

DORVAL: Bravissimo! Lo merita bene.

GERONTE: Non è una giovanetta di molta buona grazia?

DORVAL: Sì.

GERONTE: (*riflette un momento, indi chiama*) Fortunato quello che l'avrà! Dorval?

DORVAL: Amico?

GERONTE: Udite.

DORVAL: Che C'è?

GERONTE: Voi siete mio amico.

DORVAL: Ne dubitate?

GERONTE: Se la volete, io ve l'accordo.

DORVAL: Chi?

GERONTE: Sì, mia nipote.

DORVAL: Come?

GERONTE: Come, come! siete sordo? Non m'intendete? (*vivamente*) Io parlo chiara. Se la volete, ve l'accordo.

DORVAL: Ah! ah!

GERONTE: E se la sposate, oltre la sua dote, le donerò cento mila lire del mio. Eh?... Che ne dite?...

DORVAL: Mio caro amico, voi mi onorate.

GERONTE: So chi siete. Sono sicuro di formare in questa guisa la felicità di mia nipote.

DORVAL: Ma...

GERONTE: Che?

DORVAL: Suo fratello...

GERONTE: Suo fratello! Suo fratello non c'entra... A me tocca a disporre di lei; la legge, il testamento di mio fratello... Io ne sono il padrone. Orsù, sbrigatevi, decidete sul fatto.

DORVAL: Ciò che mi proponete, non è cosa da risolversi su due piedi. Voi siete troppo impetuoso.

GERONTE: Io non ci veggo alcuna difficoltà. Se l'amate, se la stimate, se ella vi conviene, è fatto tutto.

DORVAL: Ma...

GERONTE: Ma, ma!... Udiamo il vostro ma.

DORVAL: Vi par poco la sproporzione da sedici a quarantacinque anni?

GERONTE: Niente affatto. Voi siete ancora giovane, ed io conosco Angelica; non è una testa sventata.

DORVAL: Ella potrebbe avere qualche altra inclinazione.

GERONTE: Non ne ha alcuna.

DORVAL: Ne siete ben sicuro?

GERONTE: Sicurissimo. Presto, concludiamo. Io vado a casa del mio notaro, gli fo stendere il contratto. Ella è vostra.

DORVAL: Adagio, mio amico, adagio.

GERONTE: (*riscaldato*) Ebbene? Come! volete ancora inquietarmi, tormentarmi, annoiarmi con la vostra lentezza, col vostro sangue freddo?

DORVAL: Dunque vorreste?...

GERONTE: Sì, darvi una figlia saggia, onesta, virtuosa, con cento mila scudi di dote, e cento mila lire di regalo alle sue nozze. Forse vi fo un affronto?

DORVAL: No; anzi mi fate un onore, che non merito.

GERONTE: (*con ardore*) La vostra modestia in questo momento mi farebbe dare al diavolo.

DORVAL: Non vi adirate. Volete ch'io l'accetti?

GERONTE: Sì.

DORVAL: Ebbene, io l'accetto...

GERONTE: (*con gioia*) Davvero?

DORVAL: Ma a condizione...

GERONTE: Di che?

DORVAL: Che Angelica v'acconsentirà.

GERONTE: Non avete altra difficoltà?

DORVAL: Questa sola.

GERONTE: Voi mi consolate, io m'impegno per lei.

DORVAL: Tanto meglio, se ciò è vero.

GERONTE: Verissimo, sicurissimo. Abbracciatemi, mio caro nipote.

DORVAL: Abbracciamoci pure, mio caro zio.

SCENA II

Dalancour, Geronte e Dorval, e poi Piccardo.

DALANCOUR: (*entra per la porta di mezzo, vede suo zio, lo ascolta in passando, va verso il suo appartamento, ma resta alla porta per ascoltarlo*)

GERONTE: Questo è il giorno più felice della mia vita.

DORVAL: Caro amico, quanto siete adorabile!

GERONTE: Io men vo a casa del mio notaro. Dentr'oggi sarà fatto tutto. Piccardo? (*chiama*)

PICCARDO: (*viene*)

GERONTE: La mia canna, il mio cappello.

PICCARDO: (*parte, e poi torna*)

DORVAL: Frattanto me n'andrò a casa.

PICCARDO: (*dà al suo padrone la canna, il cappello, e parte*)

GERONTE: No, no; dovete aspettarmi qui. Torno subito. Pranzerete meco.

DORVAL: Ho da scrivere. Fa d'uopo ch'io faccia venire il mio intendente, che è una lega lontano da Parigi.

GERONTE: Andate nella mia camera, scrivete; inviate la lettera per Piccardo. Sì, Piccardo andrà a portarla in persona. Piccardo è un giovane dabbene, savio, fedele. Talvolta lo sgrido, ma gli voglio bene.

DORVAL: Via, dacchè volete assolutamente così; scriverò nella vostra camera.

GERONTE: Anche questa è fatta.

DORVAL: Sì, siamo convenuti.

GERONTE: (*prendendolo per la mano*) In parola d'onore?

DORVAL: (*dandogli la mano*) In parola d'onore.

GERONTE: Mio caro nipote! (*parte*)

DALANCOUR: (*all'ultima parola mostra gioia*)

SCENA III

Dalancour e Dorval.

DORVAL: (*da sè*) (In verità, tutto ciò che m'avvenne, mi pare un sogno. Io maritarmi, io che non ci aveva mai pensato!)

DALANCOUR: Ahi mio caro amico, io non so come dichiararvi la mia gratitudine.

DORVAL: Sopra di che?

DALANCOUR: Non ho io udito ciò che disse mio zio? Mi ama, mi compiange. Egli va adesso a casa del suo notaro. Vi ha data la sua parola d'onore. Vedo benissimo quanto avete fatto per me. Io sono l'uomo più venturato del mondo.

DORVAL: Non vi lusingate tanto, mio caro amico. Fra le dolci cose, che v'immaginate, non ve n'ha pur una di vera.

DALANCOUR: Ma come?

DORVAL: Io spero bene col tempo di potervi essere utile presso di lui, ed avrò quindi innanzi parimente un titolo d'avvantaggio per interessarmi a vostro favore, ma fino ad ora...

DALANCOUR: (*con ardore*) Sopra di che vi died'egli dunque la sua parola d'onore?

DORVAL: Vel dico subito.... Egli mi fece l'onore di propormi vostra sorella in isposa.

DALANCOUR: (*con gioia*) Mia sorella! L'accettate voi?

DORVAL: Sì, se ne siete contento!

DALANCOUR: Voi mi colmate di giubbilo; mi sorprendete. Per la dote vi è noto attualmente il mio stato.

DORVAL: Sopra di ciò, ne parleremo.

DALANCOUR: Mio caro fratello, lasciate ch'io vi abbracci con tutto il cuore.

DORVAL: Mi lusingo che vostro zio in questa occasione...

DALANCOUR: Ecco un legame, a cui dovrò la mia felicità. Io ne aveva il più grande bisogno. Sono stato a casa del mio procuratore, e non l'ho trovato.

SCENA IV

Madama Dalancour, e detti.

DALANCOUR: (*vedendo sua moglie*) Ah! Madama...

MADAMA: (*a Dalancour*) Io vi attendeva con impazienza. Ho udita la vostra voce...

DALANCOUR: Eccovi, o mia moglie, il signor Dorval. Io vel presento in qualità di mio cognato, e come sposo di Angelica.

MADAMA: (*con gioia*) Sì?

DORVAL: Io sarò pienamente contento, Madama, se la mia felicità potrà meritare la vostra approvazione.

MADAMA: (*a Dorval*) Signore, io ne sono lietissima. Mi rallegro con voi di tutto cuore. (*a parte*) (Che mi disse ella dunque del cattivo stato di mio marito?)

DALANCOUR: (*a Dorval*) Mia sorella lo sa?

DORVAL: Credo di no.

MADAMA: (*da sè*) (Dunque, quello che fece questo matrimonio non fu Dalancour?)

DALANCOUR: Volete voi ch'io la faccia venire?

DORVAL: No. Converrebbe prevenirla. Potrebbe esservi ancora una difficoltà.

DALANCOUR: Quale?

DORVAL: Quella della sua approvazione.

DALANCOUR: Non temete di nulla. Io conosco Angelica, e poi il vostro stato... il vostro merito... Lasciate fare a me. Parlerò io a mia sorella.

DORVAL: No, caro amico; di grazia, non guastiamo la cosa; lasciamo fare al signor Geronte.

DALANCOUR: Come volete.

MADAMA: (*da sè*) (Non intendo nulla.)

DORVAL: Io passo nell'appartamento di vostro zio, per scrivere; egli me l'ha permesso; anzi mi ha ordinato espressamente d'aspettarlo colà. Senza cerimonie. Noi ci rivedremo quanto prima. (*entra nell'appartamento di Geronte*)

SCENA V

Dalancour e Madama, poi un Lacchè.

MADAMA: Per quanto io veggo, non siete quello che marita vostra sorella.

DALANCOUR: (*imbarazzato*) La marita mio zio.

MADAMA: Ve n'ha egli parlato vostro zio? Vi ha chiesto il vostro consenso?

DALANCOUR: (*un po' riscaldato*) Il mio consenso? Non avete veduto Dorval? Non me l'ha egli detto? Non si chiama ciò un chiedere il mio consenso?

MADAMA: (*un po' vivamente*) Sì, questa è una gentilezza per parte del signor Dorval; ma vostro zio non vi ha detto nulla?

DALANCOUR: (*imbarazzato*) Ciò vuol dire che...

MADAMA: Ciò vuol dire ch'egli non ci conta uno zero.

DALANCOUR: (*riscaldato*) Ma voi prendete tutto in cattiva parte: Ella è una cosa terribile. Voi siete insopportabile.

MADAMA: (*un po' afflitta*) Io insopportabile! Voi mi trovate insopportabile! (*con molta tenerezza*) Marito mio, questa è la prima volta che vi è uscita di bocca un'espressione simile. Fa d'uopo che abbiate dei gran dispiaceri per dimenticarvi a tal segno del vostro dovere.

DALANCOUR: (*con trasporto a Madama*) (Ah! pur troppo dice il vero!) Mia cara moglie, vi chieggo perdono di tutto cuore. Ma voi conoscete mio zio: volete che noi l'irritiamo d'avantaggio? Volete che io pregiudichi a mia sorella? Il partito è buono, non c'è nulla da dire. Mio zio lo ha scelto, tanto meglio; ecco un imbarazzo di meno per voi e per me.

MADAMA: Andiamo innanzi; mi piace che voi prendiate la cosa in buona parte; vi lodo e v'ammiro. Ma permettetemi di far un riflesso. Chi si prenderà il pensiero de' preparativi necessari per una giovane che si fa sposa? Se ne incaricherà vostro zio? Sarebbe ciò conveniente, sarebbe onesto?

DALANCOUR: Avete ragione. Ma ci resta ancora del tempo. Ne parleremo.

MADAMA: Uditemi. Voi lo sapete, io amo Angelica. Questa ingrata non meriterebbe ch'io mi prendessi verun pensiero di lei; ma finalmente è vostra sorella...

DALANCOUR: Come! voi chiamate mia sorella un'ingrata! Perchè?

MADAMA: Per ora non ne parliamo. Io le chiederò a quattro occhi una spiegazione, e poi...

DALANCOUR: No; voglio saperlo.

MADAMA: Abbiate sofferenza, mio caro marito.

DALANCOUR: No; vi dico che voglio saperlo.

MADAMA: Poichè volete così, fa d'uopo l'appagarvi.

DALANCOUR: (*da sè*) (Cielo! tremo sempre.)

MADAMA: Vostra sorella...

DALANCOUR: Proseguite.

MADAMA: Io la credo troppo del partito di vostro zio.

DALANCOUR: Perchè?

MADAMA: Ella ebbe a dire a me, a me stessa, che i vostri affari erano in disordine, e che...

DALANCOUR: I miei affari in disordine?... Lo credete voi?

MADAMA: No: ma mi ha parlato in maniera da farmi credere ch'ella sospetta ch'io ne sia stata la cagione, o per lo meno che io vi abbia contribuito.

DALANCOUR: (*ancora più riscaldato*)Voi? Ella sospetta di voi?

MADAMA: Non vi adirate, mio buon marito. Io vedo bene ch'essa non ha il suo buon giudizio.

DALANCOUR: (*con passione*) Mia cara moglie!

MADAMA: Non vi affliggete. Per me, credetemi, non ci penso più. Tutto viene da lui. Vostro zio è la cagione di tutto.

DALANCOUR: Eh! No. Mio zio non è di cattivo cuore!

MADAMA: Non è egli di cattivo cuore! Cielo, che v'ha di peggio al mondo di lui? Anche poco fa non mi ha fatto vedere?... Ma gli perdono.

LACCHÈ: (*a Dalancour*) Signore, fu recata per voi questa lettera.

DALANCOUR: Dammela. (*agitato prende la lettera*)

LACCHÈ: (*parte*)

DALANCOUR: Vediamo. (*a parte e agitato*) Questo è carattere del mio procuratore. (*apre la lettera*)

MADAMA: Cosa vi scrive?

DALANCOUR: Lasciatemi per un momento. (*egli si ritira in disparte, legge piano, e mostra dispiacere*)

MADAMA: (*da sè*) (Vi sarebbe forse qualche disgrazia?)

DALANCOUR: (*dopo aver letto*) (Io sono perduto.)

MADAMA: (*a parte*) (Il cuore mi palpita.)

DALANCOUR: (Mia povera moglie! che sarà di lei?... Come potrò dirglielo?... Ah! non ho coraggio.)

MADAMA: (*piangendo*) Mio caro Dalancour, ditemi: che c'è? Fidatevi di vostra moglie; non sono io la miglior amica che abbiate?

DALANCOUR: Prendete. Leggete.... Questo è il mio stato. (*le dà la lettera, e parte*)

SCENA VI

Madama sola.

Io tremo. (*legge*) *Signore, tutto è perduto. I creditori non hanno voluto sottoscrivere. La sentenza fu confermata. Vi s'intimerà quanto prima. State bene in guardia, perchè il vostro arresto è ordinato...* Che lessi!... Che intesi!... Mio marito... indebitato... in pericolo di perdere la libertà!... Ma come mai è possibile!... Egli non giuoca. Egli non ha cattive pratiche. Egli non è amante d'un lusso eccedente... Per colpa sua... Sarebbe dunque per colpa mia?... Oh Dio! qual infausto raggio m'illumina! I rimproveri diAngelica, l'odio del signor Geronte, il disprezzo ch'egli dimostra di giorno in giorno contro di me... Mi si squarcia la benda dinanzi agli occhi. Io vedo il fallo di mio marito, vedo il mio. Il suo troppo amor l'ha sedotto, la mia inesperienza m'ha abbagliato. Dalancour è colpevole, ed io lo sono forse al par di lui... Ma qual rimedio a questa situazione crudele? Suo zio solo... sì... suo zio potrebbe rimediarvi... Ma Dalancour sarebbe egli in istato in questi momenti d'abbattimento e di dolore?... Ah! s'io ne fui la cagione... sebbene involontaria... perchè non andrò io medesima?... sì... quand'anche dovessi gettarmi a' suoi piedi... Ma... con quel carattere aspro, intrattabile, potrà io lusingarmi di piegarlo?... Andrò io ad espormi ai suoi sgarbi?... Ah! che importa? e che sono tutte le umiliazioni in confronto allo stato orribile di mio marito?... sì, vi corro; questa sola idea dee darmi coraggio. (*ella vuole andare nell*'appartamento *di Geronte*)

SCENA VII

Martuccia, e detta.

MARTUCCIA: Madama, che fate voi qui? Il signor Dalancour s'abbandona alla disperazione.

MADAMA: Cielo!... Io volo in suo soccorso. (*parte*)

MARTUCCIA: Che sventura! Che disordine! Se è vero ch'ella ne sia la cagione, merita bene... Chi veggo?

<h1 style="text-align:center">SCENA VIII</h1>

Valerio, e detta.

MARTUCCIA: Signore, che venite voi a far qui? Avete scelto un cattivo momento. Tutta la casa è immersa nel dispiacere.

VALERIO: Già ne dubitava. Ritorno in questo momento dal procuratore del signor Dalancour. Io gli ho offerta la mia borsa ed il mio credito.

MARTUCCIA: Questo è un oprar virtuoso. Nulla è più generoso della vostra azione.

VALERIO: Il signor Geronte è in casa?

MARTUCCIA: No. Il servitore m'ha detto che l'aveva veduto col suo notaro.

VALERIO: Col suo notaro?

MARTUCCIA: Sì. Egli ha sempre qualche affare. Volevate forse parlargli?

VALERIO: Sì; voglio parlare con tutti. Io veggo con pena il disordine del signor Dalancour. Son solo; ho delle facoltà; ne posso disporre. Amo Angelica; vengo ad offrirgli di sposarla senza dote, e dividere seco il mio stato e la mia fortuna.

MARTUCCIA: La risoluzione è ben degna di voi. Nulla più di essa mostra la stima, l'amore, la generosità.

VALERIO: Credete voi ch'io potessi lusingarmi?...

MARTUCCIA: Sì, tanto più che madamigella gode il favore di suo zio, e ch'egli vuole maritarla.

VALERIO: Vuol maritarla?

MARTUCCIA: Sì.

VALERIO: Ma se vuole maritarla, vorrà parimente esser egli solo padrone di proporle il partito.

MARTUCCIA: (*dopo un momento di silenzio*) Potrebbe darsi.

VALERIO: È forse questa una consolazione per me?

MARTUCCIA: Perchè no?... Venite, venite, madamigella. (*ad Angelica, che s'inoltra spaventata*)

<h1 style="text-align:center">SCENA IX</h1>

Angelica, e detti

ANGELICA: Io sono tutta spaventata.

VALERIO: (*ad Angelica*) Che avete, madamigella?

ANGELICA: Il mio povero fratello...

MARTUCCIA: Sta ancora così?

ANGELICA: Un poco meglio. Egli è alquanto più tranquillo.

MARTUCCIA: Udite, udite, madamigella. Questo signore mi ha detto cose consolanti per voi, e per vostro fratello.

ANGELICA: Anche per lui?

MARTUCCIA: Se sapeste il sacrificio che è disposto a fare!

VALERIO: (*piano a Martuccia*) (Non le dite nulla.) (*volgendosi ad Angelica*) Evvi forse alcun sacrificio ch'ella non meriti?

MARTUCCIA: Ma converrà parlarne al signor Geronte.

ANGELICA: Cara amica, se voi voleste prendervi questo incomodo!

MARTUCCIA: Volentieri. Che dovrò dirgli?... Vediamo... Consigliamo.. Ma sento qualcuno. (*corre verso il appartamento di Geronte*) È il signor Dorval. (*a Valerio*) Non vi fate vedere. Andiamo nella mia camera, e parleremo a nostro bell'agio.

VALERIO: (*ad Angelica*) Se vedete vostro fratello...

MARTUCCIA: Eh andiamo, signore, andiamo. (*lo spinge, e parte con lui*)

SCENA X

Angelica, e Dorval.

ANGELICA: (*da sè*) (Che farò io qui col signor Dorval? Posso andarmene.)

DORVAL: (*ad Angelica che sta per partire*) Madamigella... madamigella?

ANGELICA: Signore.

DORVAL: Avete veduto il vostro signor zio? V'ha egli detto nulla?

ANGELICA: L'ho veduto questa mattina, signore.

DORVAL: Prima che uscisse di casa?

ANGELICA: Sì signore.

DORVAL: È ritornato?

ANGELICA: No signore.

DORVAL: Bene! (Non sa ancora nulla.)

ANGELICA: Signore, vi chiedo scusa. Evvi qualche novità che mi riguardi?

DORVAL: Vostro zio vi vuol bene.

ANGELICA: (*con modestia*) È tanto buono!

DORVAL: (*seriamente*) Egli pensa a voi.

ANGELICA:Questa è una fortuna per me.

DORVAL: Egli pensa a maritarvi.

ANGELICA: (*mostra modestia*)

DORVAL: Eh? Che ne dite?

ANGELICA: (*come sopra*) Avreste voi piacere di maritarvi?

ANGELICA: (*con modestia*) Io dipendo da mio zio.

DORVAL: Volete che vi dica qualche cosa di più?

ANGELICA: (*con un poco di curiosità*) Come più vi piace, signore.

DORVAL: La scelta dello sposo è di già fatta.

ANGELICA: (*da sè*) (Oh cielo!... Tremo tutta.)

DORVAL: (*da sè*) (Mi pare di vederla contenta.)

ANGELICA: (*tremando*) Signore, ardirò di chiedervi...

DORVAL: Che, madamigella?

ANGELICA: Lo conoscete voi quello che m'è destinato?

DORVAL: Sì, lo conosco, e lo conoscete voi pure.

ANGELICA: (*con un poco di gioia*) Io pure lo conosco?

DORVAL: Certamente: voi lo conoscete.

ANGELICA: Signore, avrò io il coraggio

DORVAL: Parlate, madamigella.

ANGELICA: Di chiedervi il nome di questo giovane?

DORVAL: Il nome di questo giovane?

ANGELICA: Sì, se voi lo conoscete.

DORVAL: Ma... se egli non fosse tanto giovane?

ANGELICA: (*da sè, con agitazione*) (Cielo!)

DORVAL: Voi siete tanto saggia... dipendete da vostro zio...

ANGELICA: (*tremando*) Credete voi, signore, che mio zio voglia sacrificarmi?

DORVAL: Che intendete voi per questo sacrificarvi?

ANGELICA: (*con passione*) Ma... senza il consenso del mio cuore.. Mio zio è sì buono!... Chi potrebbe mai avergli dato questo consiglio? Chi avrà mai proposto questo partito?

DORVAL: (*un poco punto*) Ma... questo partito... Madamigella... E s'io fossi quello?

ANGELICA: (*con gioia*) Voi, signore?... Il ciel lo volesse!

DORVAL:. (*contento*) Il ciel lo volesse?

ANGELICA: Sì, io vi conosco. Voi siete ragionevole, siete sensibile, mi fido di voi. Se avete dato a mio zio questo consiglio, se gli avete proposto questo partito, spero che ritroverete ancora la maniera di farlo cangiar di parere.

DORVAL: (Eh! eh! Non c'è male.) (*ad Angelica*) Madamigella...

ANGELICA: (*afflitta*) Ah, signore!

DORVAL: Avreste voi il cuor prevenuto?

ANGELICA: (*con passione*) Signore!

DORVAL: V'intendo.

ANGELICA: Abbiate pietà di me!

DORVAL: (Io l'avea ben detto; l'avea ben preveduto! Buon per me, che non ne sono innamorato, ma incominciava a prendervi un po' di gusto.)

ANGELICA: Signore, non mi dite nulla?

DORVAL: Ma, Madamigella...

ANGELICA: Avreste voi forse qualche particolare premura per quello cui vorrebbero darmi?

DORVAL: Un poco.

ANGELICA: (*con passione e costanza*) V'avverto che io l'odierò.

DORVAL: (*da sè*) (Povera ragazza! Mi piace la sua sincerità.)

ANGELICA: Deh! Siate compassionevole, siate generoso.

DORVAL: Sì, madamigella... sì, lo sarò... vel prometto. Io parlerò a vostro zio in vostro favore; e farò ogni possibile perchè siate soddisfatta.

ANGELICA: (*con gioia*) Oh! quanto mi siete caro!

DORVAL: Poverina!

ANGELICA: (*con trasporto*) Voi siete il mio benefattore, il mio protettore, il padre mio. (*lo prende per la mano*)

DORVAL: Mia cara ragazza!..

SCENA XI

Geronte, e detti.

GERONTE: (*alla sua maniera con brio*) Benissimo, benissimo. Coraggio. Bravi, figli miei, bravi. Sono di voi contentissimo.

ANGELICA: (*si ritira tutta mortificata*)

DORVAL: (*sorride*).

GERONTE: Come? la mia presenza vi fa paura? Io non condanno premure che sono legittime. Tu hai fatto bene, Dorval, a prevenirla. Suvvia, madamigella, abbracciate il vostro sposo.

ANGELICA: (*costernata*) (Che intendo?)

DORVAL: (*da sè sorridendo*) (Eccomi scoperto.)

GERONTE: (*ad Angelica con ardore*) Che scena è questa? Qual modestia fuori di proposito? Quando io non ci sono, t'accosti, e quando giungo t'allontani? vicinati! (*a Dorval in collera*) Suvvia, avvicinatevi anche voi.

DORVAL: (*ridendo*) Colle buone, mio caro Geronte.

GERONTE: Ah! ridete? la sentite la vostra felicità? Io voglio ben che si rida, ma non voglio che mi si faccia andar in collera; m'intendete, signor bocca ridente? Venite qui, e ascoltatemi.

DORVAL: Ma ascoltate pur voi.

GERONTE: (*ad Angelica, e vuol prenderla per mano*) Avvicinatevi.

ANGELICA: (*piangendo*) Mio zio....

GERONTE: Piangi! Mi fai la bambina! Io credo che tu ti prenda giuoco di me. (*la prende per mano, e la sforza ad avanzarsi in mezzo alla scena, poi si volge a Dorval e gli dice con una specie di brio*) La non può scapparmi.

DORVAL: Almeno lasciatemi parlare.

GERONTE: (*vivamente*) Zitto!

ANGELICA: Mio caro zio...

GERONTE: (*vivamente*) Zitto! (*egli muta tuono, e dice tranquillamente*) Sono stato dal mio notaro: ho disposto il tutto. Egli ha stesa la minuta in mia presenza, la porterà qui quanto prima, e noi sottoscriveremo.

DORVAL: Ma se voleste ascoltarmi...

GERONTE: Zitto. Per la dote, mio fratello ha avuto la debolezza di lasciarla fra le mani di suo figlio. Io non dubito che non ci sia per essere dal canto suo qualche ostacolo; ma ciò non m'imbarazza. Quelli che avranno affari con lui li avranno mal fatti; la dote non può perire, e in ogni caso io me ne fo mallevadore.

ANGELICA: (*a parte*) (Non posso più.)

DORVAL: (*imbarazzato*) Tutto va benissimo; ma...

GERONTE: Ma che?

DORVAL: (*guardando Angelica*) Madamigella avrebbe a dirvi sopra di ciò qualche cosa.

ANGELICA: (*in fretta, e tremando*) Io, signore?

GERONTE: Vorrei bene ch'ella trovasse qualche cosa a ridire sopra ciò ch'io fo, sopra ciò ch'io ordino, e sopra ciò ch'io voglio. Ciò ch'io voglio, ciò ch'io ordino e ciò ch'io fo: lo fo, lo voglio, e l'ordino per suo bene. M'intendi?

DORVAL: Parlerò dunque io medesimo.

GERONTE: Che avete a dirmi?

DORVAL: Che mi rincresce; ma che questo matrimonio non può effettuarsi.

GERONTE: Cospetto! (*Angelica s'allontana tutta spaventata. Dorval parimente dà due passi addietro*) Voi mi avete data la vostra parola d'onore. (*a Dorval*)

DORVAL: Sì; ma con patto...

GERONTE: Sarebbe forse quest'impertinente? (*volgendosi verso Angelica*) S'io potessi crederlo... se ne avessi qualche dubbio... (*la minaccia*)

DORVAL: (*seriamente*) No, signore: avete torto.

GERONTE: (*volgendosi verso Dorval*) Siete voi dunque che mi mancate?

ANGELICA: (*coglie il momento e fugge*)

SCENA XII

Dorval e Geronte.

GERONTE: (*continua a parlare con Dorval*) Che? abusate della mia amicizia e del mio affetto per la vostra persona?

DORVAL: (*alzando la voce*) Ma udite le ragioni...

GERONTE: Che ragioni, che ragioni? Non c'è ragioni, io sono un uomo d'onore; e se lo siete voi pure, animo, subito... (*volgendosi chiama*) Angelica?

DORVAL: (Che diavolo d'uomo! Egli mi farebbe violenza sul fatto.) (*fugge via*)

SCENA XIII

Geronte solo.

Dov'è andata?... Angelica!... Eh, là! C'è nessuno?... Piccardo?... Martuccia?... Pietro?... Cortese?... Ma la ritroverò. Voi siete quello con cui voglio... (*si volge, non vede più*

Dorval, e resta immobile) Come! Egli mi pianta così? (*chiama*) Dorval!... Amico... Dorval!... Amico... Dorval!... Ah indegno!.. ingrato!.. Eh, là, c'è nessuno... Piccardo?

SCENA XIV

Piccardo, e detto.

PICCARDO: Signore.

GERONTE: Briccone! non rispondi?

PICCARDO: Perdonate, signore. Eccomi.

GERONTE: Disgraziato, ti ho chiamato dieci volte.

PICCARDO: Mi rincresce, ma...

GERONTE: Dieci volte, disgraziato!...

PICCARDO: (*da sè, in collera*) (Egli è ben rabbioso qualche volta.)

GERONTE: Hai veduto Dorval?

PICCARDO: (*bruscamente*) Sì, signore.

GERONTE: Dov'è?

PICCARDO: È partito.

GERONTE: Come è partito?

PICCARDO: (*bruscamente*) È partito come si parte.

GERONTE: (*in collera grande lo minaccia, e lo fa dar addietro*) Ah! ribaldo! Così si risponde al tuo padrone?

PICCARDO: (*rinculando con aria estremamente adirata*) Signore, datemi la mia licenza...

GERONTE: La tua licenza, sciagurato! (*lo minaccia e lo fa rinculare; Piccardo, rinculando, cade fra la sedia ed il tavolino. Geronte corre in suo soccorso, e lo rialza*)

PICCARDO: (*s'appoggia al guanciale della sedia e mostra molto dolore*) Ahi!

GERONTE: Che c'è? che c'è?

PICCARDO: Sono ferito, signore. M'avete storpiato.

GERONTE: Oh, mi dispiace!... Puoi tu camminare?

PICCARDO: (*sempre in collera*) Credo di sì, signore. (*si prova e cammina male*)

GERONTE: (*bruscamente*) Vattene.

PICCARDO: (*mortificato*) Signore, voi mi scacciate.

GERONTE: (*vivamente*) No, va a casa di tua moglie, che ti medichi. (*cava la borsa, e vuol dargli del danaro*) Prendi, per farti curare.

PICCARDO: (*a parte, intenerito*) (Qual padrone!)

GERONTE: (*porgendogli del danaro*) Prendi.

PICCARDO:(*con modestia*) Eh! no, signore.. io spero che non sarà nulla.

GERONTE: Prendi, ti dico.

PICCARDO: (*ricusandolo con civiltà*) Signore...

GERONTE: (*riscaldato*) Come! tu rifiuti il mio danaro?... lo rifiuti per orgoglio, per dispetto, e per odio? Credi tu che io l'abbia fatto a bella posta?... prendi questo danaro, prendilo. Animo, non mi far arrabbiare.

PICCARDO: (*prendendo il danaro*) Non v'adirate, signore. Vi ringrazio della vostra bontà.

GERONTE: Va subito.

PICCARDO: (*cammina male*) Sì, signore.

GERONTE: Va adagio.

PICCARDO: Sì, signore.

GERONTE: Aspetta, aspetta; prendi la mia canna.

PICCARDO: Signore...

GERONTE: Prendila, ti dico. Voglio così.

PICCARDO: (*prende la canna e partendo dice*) Che bontà (*parte*)

SCENA XV

Geronte e Martuccia.

GERONTE: Questa è la prima volta in vita mia, che... maledetto il mio caldo!... (*passeggiando a gran passi*) È Dorval che m'ha fatto andare in collera.

MARTUCCIA: Signore, volete pranzare?

GERONTE: Il diavolo che ti porti. (*corre, e si chiude nel suo appartamento*)

MARTUCCIA: Bella! Bellissima! egli è sulle furie. Oggi, per Angelica non c'è caso di nulla. Tanto fa che Valerio se ne vada.

FINE DELL'ATTO SECONDO

ATTO TERZO

SCENA I

Piccardo entra per la porta di mezzo, Martuccia per quella di Dalancour.

MARTUCCIA: Come! siete già ritornato?

PICCARDO: (*con la canna del suo padrone*) Sì; vado un po' zoppicando, ma non è nulla. La paura è stata più grande del male: ciò non meritava il danaro che mi dette il padrone per farmi curare.

MARTUCCIA: Via, via: anche le disgrazie talvolta sono giovevoli.

PICCARDO: (*con aria contenta*) Povero padrone! Per mia fe', questo tratto di bontà mi ha intenerito sino a cavarmi le lagrime dagli occhi. Se m'avesse ancora rotto una gamba, glie l'avrei perdonato.

MARTUCCIA: Egli è d'un cuore... Peccato ch'abbia sì brutto difetto!

PICCARDO: E qual è quell'uomo che sia senza difetti?

MARTUCCIA: Andate, andate a trovarlo. Sapete voi ch'ei non ha ancor pranzato?

PICCARDO: E perchè?

MARTUCCIA: Vi sono, figlio mio, delle cose!.. delle cose terribili in questa casa.

PICCARDO: So tutto; ho incontrato vostro nipote, e mi ha raccontato tutto. Questo è il motivo, per cui mi vedete di ritorno sì presto. Il padrone lo sa?

MARTUCCIA: Credo di no.

PICCARDO: Ah! quanto ne sarà travagliato!

MARTUCCIA: Certamente... E la povera Angelica?

PICCARDO: Ma Valerio?...

MARTUCCIA: Valerio? Valerio è qui tuttavia. Egli non ha voluto partire. È ancora nell'appartamento del signor Dalancour; fa coraggio al fratello; guarda la sorella; consola Madama. L'uno piange; l'altra sospira; l'altra si dispera. Questa è una confusione, una vera confusione.

PICCARDO: Non v'eravate voi impegnata di parlare al padrone?

MARTUCCIA: Sì, gli avrei parlato; ma in questo momento è troppo in collera.

PICCARDO: Vado a ritrovarlo; vado a riportargli la sua canna.

MARTUCCIA: Andate; e se vedete la burrasca alquanto calmata, ditegli qualche cosa dello stato infelice di sua nipote.

PICCARDO: Sì, gliene parlerò, e vi saprò dir qualche cosa. (*apre piano, entra nell'appartamento di Geronte, e chiude la porta*)

SCENA II

Martuccia sola.

Sì, mio caro amico. Andate piano. Questo Piccardo è un giovane dabbene, docile, civile, servizievole. Egli è il solo che mi piaccia in questa casa. Io non fo sì facilmente amicizia con chicchessia.

SCENA III

Dorval, e detta.

DORVAL: (*parlando basso e sorridendo*) Ebbene, Martuccia?

MARTUCCIA: Umilissima serva, signore.

DORVAL: Il signor Geronte è più in collera?

MARTUCCIA: Non sarebbe cosa straordinaria se gli fosse passata. Voi. lo conoscete meglio d'ogni altro.

DORVAL: Egli si è bene sdegnato contro di me come va!

MARTUCCIA: Contro di voi, signore? Egli si è adirato contro di voi?

DORVAL: (*ridendo e parlando sempre*) Senza dubbio. Ma non è nulla. Io lo conosco. Scommetto che se vado a trovarlo, egli sarà il primo a gettarmisi al collo.

MARTUCCIA: Niente di più facile; vi ama, vi stima, voi siete il suo unico amico... La è una cosa singolare:... Un uomo come lui tutta furia. E voi, sia detto con rispetto, siete l'uomo più flemmatico di questo mondo.

DORVAL: Appunto per questa ragione la nostra amicizia si è conservata lungo tempo.

MARTUCCIA: Andate, andate a trovarlo.

DORVAL: No, è troppo presto. Io vorrei prima vedere madamigella Angelica. Dov'è?

MARTUCCIA: (*con passione*) Con suo fratello. Le sapete voi tutte le disgrazie di suo fratello?

DORVAL: (*con un'aria penetrata*) Ah, pur troppo! Tutto il mondo ne parla.

MARTUCCIA: E che si dice?

DORVAL: Non si dimanda. I buoni lo compiangono, i malvagi se ne prendono giuoco, gl'ingrati l'abbandonano.

MARTUCCIA: Oh cielo!… E questa povera ragazza?

DORVAL: È necessario che io le parli.

MARTUCCIA: Potrei domandarvi di che si tratta? Io m'interesso tanto per lei, che spero di meritare questa compiacenza.

DORVAL: Ho saputo che un certo Valerio...

MARTUCCIA: Ah, ah! Valerio? (*ridendo*)

DORVAL: Lo conoscete?

MARTUCCIA: Molto, signore; questa faccenda è tutta opera mia.

DORVAL: Tanto meglio; mi seconderete?

MARTUCCIA: Più che volentieri.

DORVAL: Conviene ch'io vada ad assicurarmi, se Angelica...

MARTUCCIA: E di poi, se Valerio...

DORVAL: Sì, andrò parimente in traccia di lui.

MARTUCCIA: (*sorridendo*) Andate, andate nell'appartamento di Dalancour. Voi farete due cose ad un colpo.

DORVAL: Ma come?

MARTUCCIA: Egli è colà.

DORVAL: Valerio?

MARTUCCIA: Sì.

DORVAL: Ne ho ben piacere. Vado subito.

MARTUCCIA: Aspettate, aspettate; volete che gli faccia far l'ambasciata?

DORVAL: (*ridendo*) Oh bella!... Farò far l'ambasciata a mio cognato?

MARTUCCIA: Vostro cognato?

DORVAL: Sì.

MARTUCCIA: Come?

DORVAL: Non sai nulla?

MARTUCCIA: Nulla.

DORVAL: Ebbene, lo saprai un'altra volta. (*entra da Dalancour*)

SCENA IV

Martuccia sola.

Assolutamente impazzisce.

SCENA V

Geronte e detta.

GERONTE: (*parlando sempre rivolto verso la porta del suo appartamento*) Fermati lì; farò portar la lettera da un altro. Fermati lì... Voglio così... (*si rivolge a Martuccia*) Martuccia?

MARTUCCIA: Signore.

GERONTE: Va a cercar un servitore che porti subito questa lettera a Dorval. (*volgendosi verso la porta del suo appartamento*) L'imbecille! va tuttavia zoppicando e vorrebbe partire. (*a Martuccia*) Vanne.

MARTUCCIA: Ma signore...

GERONTE: Spicciati.

MARTUCCIA: Ma Dorval...

GERONTE: (*vivamente*) Sì, a casa di Dorval.

MARTUCCIA: Egli è qui.

GERONTE: Chi?

MARTUCCIA: Dorval.

GERONTE: Dov'è?

MARTUCCIA: Qui.

GERONTE: Dorval è qui?

MARTUCCIA: Sì signore.

GERONTE: Dov'è?

MARTUCCIA: Nell'appartamento del signor Dalancour.

GERONTE: Nell'appartamento di Dalancour? (*in collera*) Dorval nell'appartamento di Dalancour? Ora veggo come sta la faccenda... Comprendo tutto. (*a Martuccia*) Va in traccia di Dorval, digli da parte mia... Ma no, non voglio che tu vada in quel maledetto appartamento. Se ci metti piede, ti licenzio sul fatto... Chiama un servitore di quello

42

sciagurato... No che non venga nessuno... Vai tu... Sì, sì, ch'egli venga subito subito... Ebbene?...

MARTUCCIA: Vado o non vado?

GERONTE: Vanne. Non mi far impazientare d'avvantaggio. (*Martuccia entra da Dalancour*)

SCENA VI

Geronte solo.

Sì, ella è così. Dorval ha penetrato in qual abisso terribile quel disgraziato è caduto. Sì, egli l'ha saputo prima di me; ed io, se non me l'avesse detto Piccardo, ne sarei ancora all'oscuro. È così... è così senz'altro. Dorval teme la parentela d'un uomo perduto; egli è colà: forse l'esamina per assicurarsene maggiormente. Ma perchè non dirmelo? L'avrei persuaso, l'avrei convinto... Perchè non me n'ha parlato?... Dirà forse che la mia furia non glie n'ha dato il tempo?... No certamente. Bastava che avesse aspettato; che non fosse partito... la mia collera si sarebbe calmata ed egli avrebbe potuto parlarmi. Nipote indegno; traditore; perfido! Tu hai sacrificato i tuoi beni, il tuo onore; io t'amai, scellerato... Sì, t'amai anche troppo, ma ti cancellerò totalmente dal mio cuore, e dalla mia memoria... Vattene di qua, va a perire altrove... Ma dove andrà egli? Non me n'importa. non ci penso più... Sua sorella sola m'interessa, ella sola merita la mia tenerezza, i miei benefizi... Dorval è mio amico. Dorval la sposerà. Io le darò la dote, le donerò tutte le mie facoltà. Lascerò penare il reo, ma non abbandonerò mai l'innocente.

SCENA VII

Dalancour, e detto.

DALANCOUR: (*atterrito si getta ai piedi di Geronte*) Ah! mio zio! Uditemi per pietà...

GERONTE: Che vuoi? Alzati. (*si volge, vede Dalancour, dà un passo indietro*)

DALANCOUR: (*nella stessa positura*) Mio caro zio! Voi vedete il più sventurato di tutti gli uomini. Per pietà, ascoltatemi.

GERONTE: Alzati, ti dico. (*un po' commosso, ma sempre in collera*)

DALANCOUR: (*in ginocchio*) Voi che avete un cuore sì generoso, così sensibile, m'abbandonereste voi per una colpa che è solamente una colpa d'amore, e d'un amore onesto e virtuoso? Io, senza dubbio, ho il torto di non essermi approfittato dei vostri consigli, d'aver trascurato la tenerezza vostra paterna; ma, mio caro zio, in nome di quel sangue, cui debbo la vita, di quel sangue che voi tenete meco comune, lasciatevi commuovere, lasciatevi intenerire.

GERONTE: (*a poco a poco s'intenerisce, e s'asciuga gli occhi, nascondendosi da Dalancour, e dice a parte*) Come! tu hai ancora coraggio?...

DALANCOUR: Non è la perdita dello stato che m'affanni; un sentimento più degno mi sollecita. Egli è l'onore. Soffrireste voi l'infamia d'un vostro nipote? Io non vi chiedo nulla per noi. Che si salvi la mia reputazione, e vi do parola per mia moglie e per me, che l'indigenza non spaventerà punto i nostri cuori, quando, in seno alla miseria, avremo per conforto una probità senza macchia, il nostro amore scambievole, la vostra tenerezza, e la vostra stima.

GERONTE: Sciagurato!... Meriteresti!... Ma io sono un uomo debole, questa specie di fanatismo del sangue mi parla in favor d'un ingrato! Alzati, traditore, io pagherò i tuoi debiti, e ti porrò forse in tal guisa in istato di farne degli altri.

DALANCOUR: (*commosso*) Ah! no, mio zio! vi prometto... Vedrete la mia condotta avvenire...

GERONTE: Qual condotta! sciagurato senza cervello? Quella di un marito infatuato, che si lascia guidare a capriccio da sua moglie, da una femmina vana, presuntuosa, civetta.

DALANCOUR: No, vel giuro.. Mia moglie non ne ha colpa. Voi non la conoscete.

GERONTE: (*ancora più vivamente*) Tu la difendi, tu menti in mia presenza!... Guardati bene... Ci vorrebbe poco che a cagione di tua moglie, non ritrattassi la promessa che m'hai strappata di bocca. Sì, sì, la ritratterò... Tu non avrai nulla del mio. Tua moglie! Tua moglie!... Io non posso soffrirla, non voglio vederla.

DALANCOUR: Ah, mio zio! voi mi lacerate il cuore!

SCENA VIII

Madama, e detti.

MADAMA: Deh! Signore, se mi credete la cagione dei disordini di vostro nipote, è giusto che ne porti io sola la pena. L'ignoranza in cui ho vissuto sin'ora non è, lo veggo, dinanzi a' vostri occhi, una scusa che basti. Giovane, senza esperienza, mi sono lasciata dirigere da un marito che amavo. Il mondo seppe allettarmi, i cattivi esempi mi hanno sedotta; io ero contenta, e mi credeva felice... ma sembro la rea, e questo basta... Purchè mio marito sia degno de' vostri benefizi, soscrivo al fatale vostro decreto. Mi staccherò dalle sue braccia. Vi chiedo una grazia soltanto: moderate il vostro odio contro di me; scusate il mio sesso, la mia età; compatite un marito, che per troppo amore...

GERONTE: Eh! Madama! credereste voi forse di soverchiarmi?

MADAMA: Oh cielo! Dunque non v'è più speranza? Ah mio caro Dalancour, io t'ho dunque perduto. Io muoio. (*cade sopra un sofà.*)

DALANCOUR: (*corre in suo soccorso*)

GERONTE: (*inquieto, commosso, intenerito*) Eh, là? c'è nessuno? Martuccia?

SCENA IX

Martuccia, e detti.

MARTUCCIA: Eccomi, signore.

GERONTE: Guardate là... subito... andate... vedete... recatele qualche soccorso.

MARTUCCIA: Madama, Madama, che c'è?

GERONTE: Prendete, prendete; eccovi l'acqua di Colonia. (*dando a Martuccia una boccetta*) Come va? (*a Dalancour*)

DALANCOUR: Ah, mio zio!...

GERONTE: (*s'accosta a Madama, e le dice bruscamente*) Come state?

MADAMA: (*alzandosi languidamente, e con una voce fioca ed interrotta*) Signore, voi avete troppa bontà ad interessarvi di me. Non abbiate riguardo alla mia debolezza; il cuore vuol fare i suoi moti. Ricupererò le mie forze, partirò, mi rassegnerò alla mia sciagura.

GERONTE: (*s'intenerisce, ma non parla*)

DALANCOUR: (*afflitto*) Ah! mio zio, soffrireste, che...

GERONTE: (*vivamente a Dalancour*) Taci tu! (*a Madama bruscamente*) Restate in casa con vostro marito.

MADAMA: Ah, signore!

DALANCOUR: (*con trasporto*) Ah! mio caro zio!

GERONTE: (*con serietà, ma senza collera, e prendendoli ambedue per mano*) Uditemi. I miei risparmi non erano per me. Voi gli avreste un giorno, trovati. Ebbene, servitevene in questa occasione; la sorgente è esaurita; abbiate giudizio. Se non vi muove la gratitudine, l'onore almeno vi faccia star a dovere.

MADAMA: La vostra bontà...

DALANCOUR: La vostra generosità...

GERONTE: Basta così.

MARTUCCIA: Signore....

GERONTE: Taci tu, ciarliera.

MARTUCCIA: Signore, voi siete in disposizione di far del bene: non farete pur qualche cosa per madamigella Angelica?

GERONTE: A proposito dov'è?

MARTUCCIA: Ella non è lontana.

GERONTE: V'è ancora il suo pretendente?

MARTUCCIA: Il suo pretendente?

GERONTE: È corrucciata forse per questo? È per questo che non vuol più vedermi? Sarebbe egli partito?

MARTUCCIA: Signore... il suo pretendente c'è tuttavia.

GERONTE: Che vengano qui.

MARTUCCIA: Angelica ed il suo pretendente?

GERONTE: (*riscaldato*) Sì, Angelica ed il suo pretendente.

MARTUCCIA: Benissimo. Subito, signore, subito. (*avvicinandosi alla portiera*) Venite, venite, figli miei; non abbiate timore.

SCENA X

Valerio, Dorval, Angelica, e detti.

GERONTE: (*vedendo Valerio e Dorval*) Che c'è?... Che vuole qui quell'altro?

MARTUCCIA: Signore, sono il pretendente, ed il testimonio.

GERONTE: (*ad Angelica*) Avvicinatevi.

ANGELICA: (*s'accosta tremando, e parla con Madama*) Ah! Cognata, quanto vi debbo chieder perdono!

MARTUCCIA: (*a Madama*) Ed io pure, Madama.

GERONTE: (*a Dorval*) Venite qui, signor pretendente... Che c'è? siete ancora adirato? Non volete venire?

DORVAL: Parlate con me?

GERONTE: Sì con voi.

DORVAL: Perdonatemi; io sono soltanto il testimonio.

GERONTE: Il testimonio!

DORVAL: Sì. Vi spiego l'arcano... Se m'aveste lasciato parlare..

GERONTE: Arcano!... (*ad Angelica*) Vi sono degli arcani?

DORVAL: (*serio e risoluto*) Uditemi, amico. Voi conoscete Valerio; egli ha saputi i disastri di questa famiglia. È venuto ad offrire le sue facoltà al signor Dalancour, e la sua mano ad Angelica. Egli l'ama, è pronto a sposarla senza dote, e ad assicurarle una contraddote di dodici mila lire di rendita. M'è noto il vostro carattere, e so che a voi piacciono le belle azioni; l'ho perciò trattenuto, e mi sono incaricato di presentarvelo.

GERONTE: Tu non avevi alcuna inclinazione, eh? mi hai ingannato. Ebbene, non voglio che tu lo prenda; questa è una soperchieria d'ambe le parti; io non la soffrirò giammai.

ANGELICA: (*piangendo*) Mio caro zio...

VALERIO: (*appassionato e supplichevole*) Signore...

DALANCOUR: Voi siete sì buono....

MADAMA: Voi siete sì generoso...

MARTUCCIA: Mio caro padrone...

GERONTE: Maledetto il mio naturale! Non posso durar in collera quanto ne ho voglia. Io mi schiaffeggerei volentieri (*tutti insieme ripetono le loro preghiere, e lo circondano, e lo stordiscono*) Tacete, lasciatemi... che il diavolo vi porti... Ch'egli la sposi.

MARTUCCIA: (*forte*) Che la sposi senza dote?

GERONTE: Come senza dote?... Io mariterò mia nipote senza dote? Non sarà forse in istato dì formarle la dote? Conosco Valerio; l'azione generosa, che venne a proporci, merita una ricompensa. Sì, egli avrà la dote, e le cento mila lire che ho promesso ad Angelica.

VALERIO: Quante grazie!

ANGELICA: Quanta bontà!

MADAMA: Qual cuore!

DALANCOUR: Qual esempio!

MARTUCCIA: Viva il mio padrone!

DORVAL: Viva il mio buon amico! (*tutti lo circondano, lo colmano di carezze, e ripetono le sue lodi*)

GERONTE: (*cerca liberarsi da loro, e grida forte*) Zitto, zitto, zitto... (*chiama*) Piccardo?

SCENA ULTIMA

Piccardo, e detti.

PICCARDO: Signore

GERONTE: Si cenerà nel mio appartamento; sono invitati tutti. Dorval, noi frattanto giuocheremo agli scacchi.

FINE DELLA COMMEDIA